결혼하지 않아도 괜찮을까?

－수짱의 내일－

마스다 미리 만화
박정임 옮김

이봄

수짱의 원래 이름은 모리모토 요시코(森本好子).
요시코의 첫 글자 好는 '요시'라고도 읽고, '스쿠'라고도 읽는다. 스쿠에서 첫 자 '스'에 친근감을 표현하는 호칭 '짱'을 붙여 수짱이라는 애칭이 만들어진 것. 외래어표기법으로는 스짱으로 써야 하지만, 발음은 수짱에 가깝기 때문에 이 책에서는 수짱으로 표기했다.

어떻게 될까…
하고.

수一
자장

결혼도
하지 않았고,
아이도 없는데
봄
양배
추네.

오늘도
힘들었어~
수자장 →

할머니가
된다면
…

슈퍼마켓
때때로
불안해진다.

나,
괜찮을까?
투우~

이대로
나이를 먹으면
오늘은
뭘 먹을까.

* 대중적인 저가 의류브랜드.

그렇다고
뭘
어떻게
해야 할지.

매일
매일
일해서

목욕을
하자.
우선은

착실하게
저금해둔 돈도
곧 300만 엔*이
되지만,

미래는 보이지
않지만 내일은
바로 코앞에
있어!
휴우~

애매~
하네

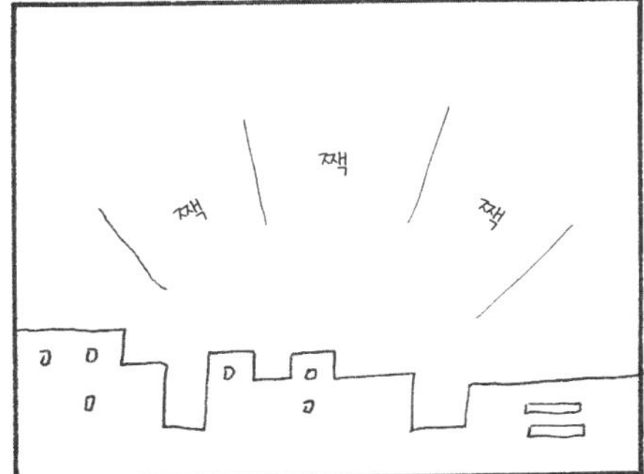
짹
짹
짹

때때로,
굉장히
불안해진다.

* 약 3,900만 원 정도.

가끔은 스스로도 생각을 좀 하라고!
어린 여자 아르바이트생을 관리하는 게 가장 힘들다.
쯧
쯧

자, 오늘도 잘 부탁드립니다.

알아서 척척 해주는 아이도 있지만
흠~

잘 부탁드립니다~~

곧바로 칭찬하지는 않는다.

뒤쪽 청소 부탁해.
카페 점장이 된 지 몇 개월.
네.

나미야, 열심히 해줘서 고마워.
둘만 있을 때 칭찬한다.

응, 부탁해!
점장님, 식빵 수량이 안 맞는데 전화할까요?

저녁은
어떻게
할까~
아,
피곤해.

착한 척한다고
따돌림받지
않도록 하기
위해서다.
나아아ー

요가학원
응?

'뭔가'라니!
점장님, 2번 테이블
손님이 뭔가 항의를
하는데요.
휘유ー

이런 곳에
요가학원이
생겼네.

알았어,
내가 가볼게.
커피에
먼지가
들어갔대요.

유행은
지났지만.
운동
부족인데,
배워볼까~

멀리 있는
미래가,

음~
한 달에
1만 엔
이라~

현재, 여기 있는
나를 구차하게
만들고 있다.

한 달에
1만 엔씩
노후대비
적금을
들면…

좋아,
결정했어.

노후
따위!!

요가
시작하자!

노후가,

…라고 말하는 순간,
자신은 아직 배고픔을
모른다는 생각을 했다.

왜?
점장님~

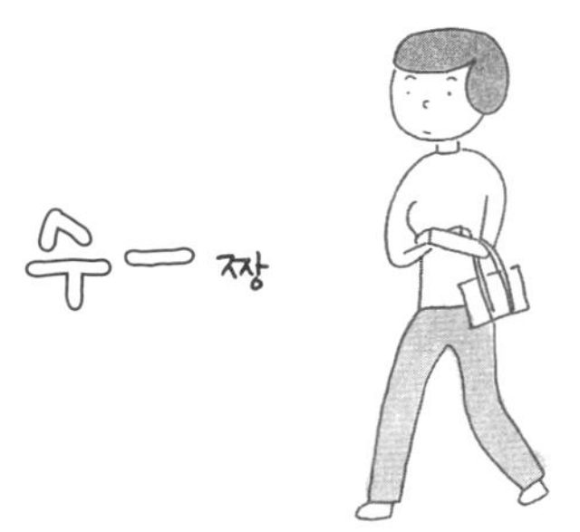
수— 장

다음주에
이사를 해서요.
시간을 좀
바꿔주셨으면
하는데~

CAFE

응?
이사한 지
얼마
안 됐잖아?

자,
오늘도 잘
부탁합니다.

애인과
동거하기로
했어요.

잘 부탁합니다~

지카코는
예쁘니까
그럴 만하지~
잘됐네!!

호,
그래?

스케줄은
나중에 얘기하자,
자, 일해, 일.
네~

만난 지 아직
3개월밖에
안 됐지만~

대역전…

그 사람
신사복 매장도
몇 개 갖고 있고,
아버지가 회사
사장이에요.

내게도 대역전이
있을까?

저 이대로 가면
인생 대역전을
맞이할지도
몰라요!!
게다가
차남이고

원하는 곳에
매트를 깔고
잠시 기다려주세요.

대역전을
하고 싶긴
한가?
도대체
나의 대역전은
무엇일까?

사람이
꽤 많네~

샐러드 아직
안 됐어요?
음~
한심해,
복권밖에
떠오르지
않아.

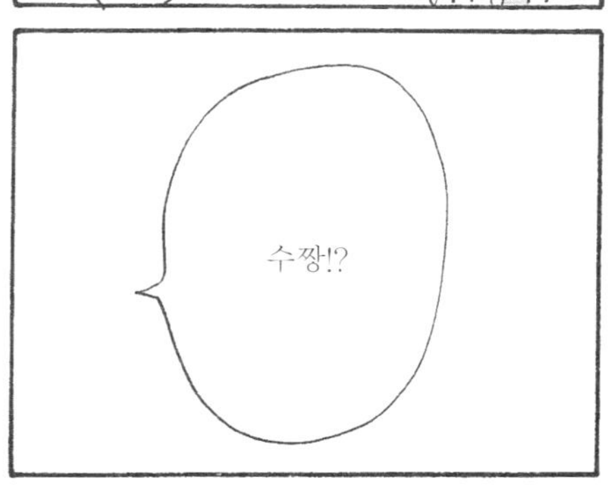
수짱!?

역시
수짱 맞네!!
사와코 씨!?

조금
긴장되는
걸.
요가학원
어떨까?

아니, 본사로
이동해서 계속
경리부에 있어.

그렇군요~
전 지금 카페에서
일하고 있어요.

깜짝 놀랐어,
정말.
저도요.
몇 년 만이죠?

수짱, 우리
다음주에
요가 끝나고
차 한잔 하지
않을래?
아,
좋아요~

내가 아직
레스토랑에
있을 때니까,
13년 됐나?

그럼,
다음주에~

사와코 씨,
지금도
그 가게에서
일하세요?

그때는 아직
어린아이인 것
같았지만

놀라워.
이런
우연도
있구나~

실제로는 이미
성인이었다.
13년 전이면
22살인걸.

사와코 씨는
대학시절
아르바이트를
하던 곳의
사원이었다.
왠지
그립네~

인생은

사와코 씨,
결혼했겠지~
당연하겠지.

성인의
기간이
길구나~

13년 전이라고 하면

그래, 유언장이라도 써볼까?
마음의 정리가 될지도 몰라.

어느새 나이가 들었다.

좋아, 편지지 사러가자!
스윽

어느새 나이가 들어간다.

유언~
유언~

데자뷰인가?
응? 뭔가 전에도 비슷한 상황이 있었던 듯?

하아~
나이 들다가 이대로 죽으면 어떻게 되는 거지?

아무래도 다 먹지
못할 것 같은데~
싶으면서도
블루베리 잼을
한 통 산다.

아니, 사랑보다는

수ー
쟈쟝

남자를 원합니다.
두우~

사와코입니다.
곧 마흔 살이 됩니다.

사와코,
점심 먹으러
가자.
네.
그럴만한 게,
13년이나
애인이
없었습니다.

네.
이것
좀
부탁해.
저는 지금,

나
도
~
배
고
파.
13년이라고
하면

사랑을 하고 싶습니다.

초등학교
입학부터,
고등학교
졸업까지의
기간보다
긴 세월입니다.

청소년들도
이벤트로 가득한
시간을 보내는데,

성인인 나는
연애는
둘째치고라도
데이트조차
한 번도 하지
않았던 것입니다.

젊고 탄력 있을 때의 몸을
어제 요가에서 아는 사람을 만났어요.

다녀 왔습니다.

아주 오랫동안 남자에게 보여주지도 못하고
요가 하는구나. 나도 하고 싶다~

방어찜 만들었어.
응, 어서 와.

아랫배엔 지방이 쌓여갑니다.
아이가 초등학교에 들어가면 시간이 될 텐데.

그래~
할머니 모셔올게.

이제 곧, 나의 30대가 끝나려 하고 있습니다.

도착~
자
더이상
성장하지
않는다.

할머니,
다녀
왔어요
~
할머니는 누운 채
거동을 못하시고,

나는

영~
여러 가지 것들을
잊어가신다.

아~
잘
먹겠
습니다.
아직도
성장하는
중일까.

차!
신기하다는
생각이 든다.

어느 시점이
성인의
완성일까?

자, 밥먹을
시간이에요,
밥.
아기 같지만
그렇지만…

이거 맛있네!
그렇지만 왠지 그런 말을 하기도 어렵다.

아, 맞다~

내가 결혼해버리면

사토 씨가 맞선 자리를 소개해줬는데,

어머니는 할머니와 둘만 남게 된다.

이혼한 사람은 싫지? 그래서 거절했어.

이대로 나이가 들면, 난 어떻게 될까?

전에는 싫었지만 지금은 '가능'하다고 생각하고 있다.
응.

이미 회사에 있는 여직원은 대부분 나보다 어리다.

나의

네.
사와코, 이것 좀 부탁해.

미래는.

료코 씨가 없어지면 누구랑 점심을 먹어야…

짹
짹

어린 것들아, 내 타자 실력을 보라고!
나, 이제 곧 마흔 살이 됩니다.
타닥
타닥
타닥

좋은 아침입니다~
좋은 아침~

버석버석해진
발뒤꿈치가 눈에
들어오고 말았다.

난 아직 독립 안 했어.
지금은 엄마랑
할머니랑 셋이서
살고 있어.

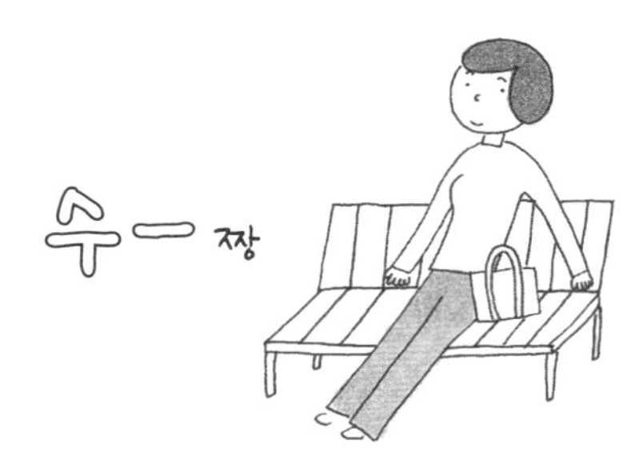

수ー
쩌장

뭐, 우리집도
오래된 집이야.
난 혼자 살아요.
허름한 아파트지만.

요가학원
휴유~
땀 많이
흘렸네.

하하하.
너무 했다~
우리 집주인은
말이죠…

이렇게
가까이
살고
있었다니.

안녕,
다음주에 봐요~

우리집은 역
반대편이니까.
그러게요.
같은 역인데도
전혀 못 만났네요.

나의 이 몸을 좀더 사랑해주고 싶다.

적어도, 후회는 하고 싶지 않다.

나, 이대로 천천히 조금씩 늙어가는 걸까.

다녀 왔습니다~

늙는 건 어쩔 수 없지만… 그래도,

고맙다~
푸딩, 선물 이에요.

섹스는 하고 싶다.

흘리지 말고요.
할머니, 푸딩 사왔어요.
할머니, 난 내가 불쌍하다는 생각 안 하니까, 걱정하지 마요.
맛있어요?
그냥, 아깝다는 생각은 들어.
할머니, 나 남자친구 없는 지도 한참 됐고 곧 마흔 살이야.
이따가 기저귀 갈러 올게요.
할머니, 나… 불쌍해?

사와코,
점심 먹으러
가자.
네.
더이상
'우연' 같은 건
어려울 듯하다.

아깝다는 생각을 한다.

저기, 사와코.
대학 선배가
한 명 있는데

이대로 나이가 들고
두 번 다시 섹스를
하지 않는다면,

만나보지
않을래?

그런 생각을 하면
아깝다는
생각이 든다.
쨍
쨍

마흔 살.
착실하고
재미있는
구석도 있어.
네?

맞선이라~

소개팅이
있어
보이기도
하고.
맞선보다는

억지로 만날
필요는 없어.
좋은 사람 있으면
소개시켜달라고
부탁을 받았거든.

나.

그럼
한번
만나
볼까요.

그 사람과
자게 될까?

정말!?
그래, 같이
밥 먹는
정도라고
생각하면 돼.

그냥
만나보기만
하는 거야.

아~
할머니,
나 소개팅
한다~

다녀
왔습니다~

회사 선배가
소개해주는
거야.

나
왔어~

만약, 그 사람과
결혼하게 되면
아~

먼저
…
왔니?
할머니
시장하신
듯해서

우리집은
어떻게 될까.

내가
할게.

제길,
유언장은
도대체
어떻게
쓰는
거지?

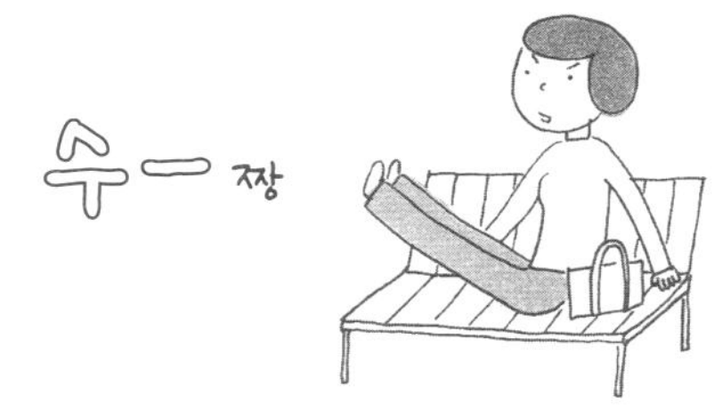

수ㅡ
쩌장

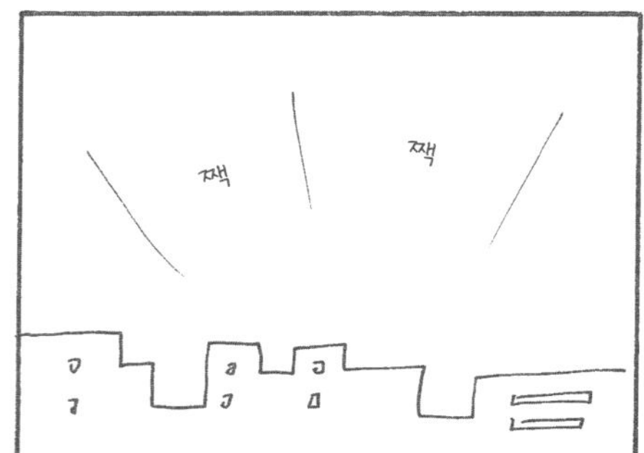

쩍
쩍

후우~

자, 오늘도
잘 부탁드립니다.

유언이라고 하면,
무엇을 써야
좋을까.

잘 부탁드립니다~~

내게
남아
있을 건
뻔하고.

즐거워
보이는군~

어제 남자친구랑
가구 보러
갔다 왔어요.
그랬어?

방은 어떻게
꾸밀 건데?
그러니까
…

BOOK
오늘은
왠지
피곤하네.

동거라~

유언장
쓰는 법이
어디 없을까.

북유럽풍 분위기?
괜
찮
네
~

네, 그럼, 내일 요가에서 봐요.
난 다 샀으니까, 먼저 갈게.
무슨 책이든 다 있구나.
있다.
안녕~
수짱~
유언장에 관한 책을 사는 걸 봤다가는 깜짝 놀라겠지.
휘청댔다~
앗, 사와코 씨!
깜짝
오, 이런 우연이
작은 행복.
그렇지만 이렇게 우연히 마주쳐서 기쁜 사람이 가까이 산다는 건 좋네.
네 그… 그럼요.
우리 내일 요가 있지?
지금 퇴근한 거야?

'유품 분배'?
보석이나 귀중품도 없고,

아~ 개운해.

친구에게 유품을 남기는 것도 이상하고~

보자, 유언이란 건 어떤 거지?

마이코랑 유코에게 알리면 대충 될 거 같네.
흐음
'장례식을 알릴 친구 목록'!?

재산을 누구에게 남길까?
전액 부모에게, 부모가 없는 경우에는 형제?
흐음

와, 간단… 하네.

'희망하는 장례식'?
난 어차피 죽어서 참가 못할 거니까 상관없지.

늙어서 할머니가
되었을 때

아니야.

사는 것이 괴롭다고
느끼는 상황이라면.

나의 불안은

후우~
이런 상상을 하면
불안해진다.

죽은 후가
아니잖아.

지금부터
양로원을
알아볼까?
벌떡

불안한 것은
노인이 된,
나.

장래희망에 대한 질문, 어렸을 적에는 많이 들었지만,

1구짜리 가스레인지밖에 없는 생활수준의 내가

어른이 되고나면

양로원 비용을 모을 수 있을까?

더이상 들을 수 없다.

불가능해!
히유~

허아~
어른의 미래에는 무엇이 기다리고 있는 것일까?

양로원 비용 모으느라 인생을 다 소비하게 될 거야.
두우~

일을 마치고 귀가하는 길.
문득 수학여행 갔을 때의
밤공기가 떠올랐다.

지방이 쌓이기 시작했어~
나도 요즘, 몸 여기저기에

수ー 징

맞아 맞아.
지방은 쌓여가는데 피부는 푸석푸석.

요가학원
땀 많이 흘렸네~

아침이면 완전히 사라져요.
자기 전에 오일을 잔뜩 발라도

자기도 점점 부드러워질 거야.
사와코 씨, 몸이 무척 부드럽던데요.

그러고 보니까 요전에 말이지,
아, 나도 그래!!

부드럽다고 하면, 허리 주변 포동포동한 살 정도?
하 하 하

다음주에 봐요~

네~
사와코 씨~

고마워~
여기요~
이거, 교토 특산품 이에요.

할머니가 되어도

'기름종이'를 받았는데,
이제는 얼굴에 기름이 끼지 않는다구.

밖에서 친구와 함께 커피를 마시면서 이야기할 수 있으면 좋을 텐데.

오히려 '기름 보급 종이'가 필요할 판이야.
하하하
크크크

아~
개운해.

만약,
그런 걸

으~
시원하다.

사치스러운
희망이라고
한다면,

어떻게
될까~
후우~
이대로
나이가
들면

사람은,
도대체,
무엇을
위해…

알 수
있는 것도
아니지만.
생각한다고
해서,

그런 거야?
그것이, 유일한, 노후의 정답?

확실한 건,

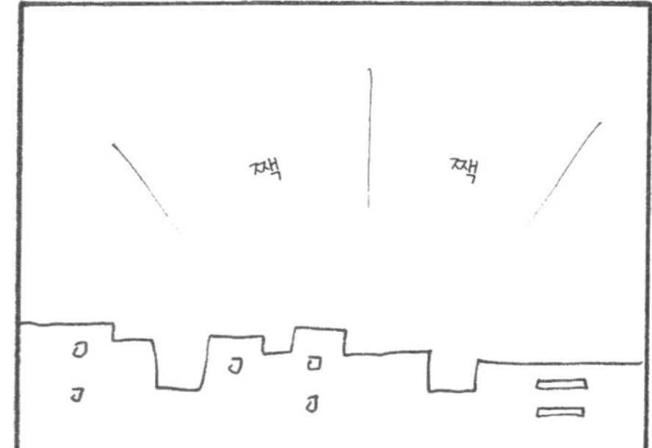
쨱
쨱

다른 사람에게 피해를 줘서는 안 된다는 거?

오늘도 잘 부탁드립니다.

응?

잘 부탁드립니다~~

그런 거야?

잘
부탁
드립니다.
이상
입니다.
네.

모리모토 씨,
잠깐 얘기 좀 할 수
있을까요?

사모님은
잘 지내시죠?

새로운
메뉴에
관한
것인데요.
네

네, 잘 지내요.
매일 심심해하는
것 같은데,
가끔 놀아주세요.
아~

한 달에
몇 번
얼굴을
내미는
나카타
매니저.
어쩌고
저쩌고

일은
안 하세요?

내가
짝사랑
한 적도
있었지만,
그가
결혼함과
동시에
실연.
그래서

오늘도 피곤해~
일을 하고 싶어 하기도 하고, 저도 여자가 직장 생활하는 것에는 대 찬성이지만~
그런데
큭
뭐랄까, 집에 갔는데 불이 켜져 있으면 기쁘거든요.
썰렁해~
뭐야, 나카타 매니저.
이런-
퇴직하고 나면, 아내에게 착 달라붙어 있을 타입이야.
큭

다림질 하는
자신의 모습을
누군가에게
보여주고 싶다고
생각했다.

수
장

다녀
왔어요.

근속 17년.

오빠네
올 거야.
초밥?

남아있는 동기는 전부
남자입니다.
하아~

잘
지내
셨어요
?
안녕
하세요~

지금까지
결혼 축의금으로
낸 돈이
도대체
얼마야?
첫

아냐,
아냐,
괜찮아.
아,
도와
드릴
게요.

오~
아
가
씨
~
어서
오세요.

하던
사람이
해야
편하니까.
어머니에게
맡겨둬.

배고프지?
얼른 밥 먹자.
초밥 사다 놨다.

구미야,
많이 먹어.
구미는
뭐 먹을래?

죄송
하긴.
맛있
겠다.
어머니,
죄송해요.

맛있어~
응.

할머니 식사
챙겨드려야
하니까, 먼저
먹고 있으렴.

아니,
보여주지 않고.

할머니,
젤리 먹자.

아~
할머니에게
얼굴을 보여주지
않고 돌아갔다.

침대
높일게요.
아까, 오빠네
왔었어요.

바로
옆방인데.
알아보지 못하는
사람에게는
인사를 하지 않아도
된다고 생각하는
듯하다.

아~
이 젤리는
오빠 선물.

알아보지 못하는 건,
없는 것과
마찬가지라는 건가?

할머니 얼굴 한 번
보지 않고 돌아갔다.

그런 시설을
이용하지 않고
수발을 들면
주변사람이
녹초가 된다.

쨱
쨱

그것과는
별개로,
일주일에 3일은
반나절 동안
요양시설에
맡겨둔다.
우물
우물

잘 잤니?
아침은
네가
챙겨
먹어라.
잘
주무
셨어요
?

맡겨둔다…

할머니,
오늘부터
단기요양
가시니까.

아이에게나
쓰는 말을
어느새
할머니에게
쓰고 있구나…
잘
먹었
습니다
~

할머니는 가끔
며칠씩 요양시설에
머무르신다.
응.

이런 모습이
될 줄은 생각도
하지 못했다.

오늘 료코 씨
월차니까,
점심은 혼자
먹어야겠군~

먼저
일어날
게요.

사내 식당에서
대충 때울까.

쓸쓸해
보이겠지~
분명히

네.
여기
앉아도
돼?

사실,
쓸쓸하긴
하지만,
그렇지만

나도 젊었을 때는
여자 동기들과
시끌벅적하게
먹었기 때문에

위험해.
흐읍
최근 허리에 살이
붙기 시작했어~

난, 스스로를
불쌍하다고
생각한 적은 없다.
그럼~

타닥
타닥
타닥
타닥
괜찮아!
꼿꼿하게 앉아
있으면
티 안 날거야.

쓸쓸한 것과
불쌍한 것은
다르다고
생각한다.

사와코 씨,
일을
정열적으로
하네.
하하

그러나 그건
마음에만
해당하는 문제.

다른 '성적인'
일에는
정열적이지
못하지만…
흐읍

13년이나 남자가
없는 이 몸은
불쌍하다는
느낌이 든다.
후우~

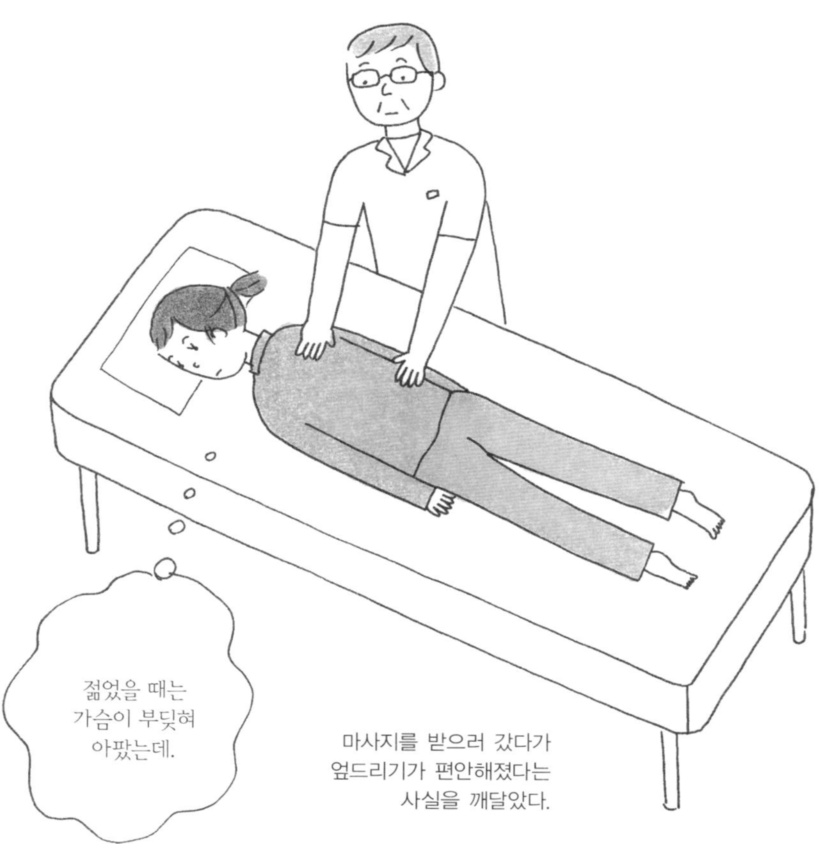

젊었을 때는
가슴이 부딪혀
아팠는데.

마사지를 받으러 갔다가
엎드리기가 편안해졌다는
사실을 깨달았다.

귀여운
느낌으로
입자니
억지스럽고.

수ㅡ 쩌장

그렇다고
너무
심플하게
입으면
나이 들어
보이고.

후우우~

두우~
내가
입으면
그
느낌이
안 나!!
전문직
여성의
세련된
느낌?

소개팅에
뭘 입고
나가야
하나.

으음~
헤어스타일도
애매해.

두우~
지금의 내가
입어야
할 옷이
어떤 건지
모르겠어.

두우~
풍성한
사람이면
좋겠는데~

예전의
마흔 살이면
진작 아줌마
파마였겠지만,

결혼하면

스르륵~
요즘은 모두
제각각이니까.
하지만
당고머리는
이제 무리겠지?

우리집 근처에서
살아줄 사람이면
좋겠는데…

소개팅할 남자,
어떤 사람일까~

아니면,
차라리

머리카락,

혼자
사는 게
그렇게
대단한 걸까?

파리로
전근을
가면서
데려가
주던가.

'언제까지 부모
밑에서'라는
시선으로 보는
사람도 있지만.

아무런 생각도
하지 않고

후우~
나야말로
사정이
있다고.

뛰쳐나갈 수 있다면
흡~

소개팅
할 남자,
어떤
사람
일까?
ㅋㅋㅋ

얼마나 간단할까.

땀은 물론이고

쨱
쨱

피를 흘리면서
타닥
타닥
타닥

좋은 아침이에요~
좋은 아침~

여자는 그렇게 일을 하고 있는 것입니다.

으, 생리통 때문에 괴로워.

사와코, 점심 먹으러 가자.
네.

네.
이거, 부탁해~

그러나,
익숙해지지 않는다.

괜찮아
?
오늘
생리통
이에요.

익숙해진다는 것은
용인한다는 것.

난 아이를
낳았더니
사라졌어.

이런 둔감한 말에

사와코도
빨리 낳아.

아직은
상처받는 나로
남고 싶다.

여자에게도 날마다
소소한 성희롱을
당하고 있다.

아직 나에겐
현실로
느껴지지
않는다.

아이를
낳으라고
하지만
아무렇지
않게

피곤해~

그건

난
어떻게
될까?
아이라…

생명이
걸린
문제라고~

제한시간이
다가와도

지하철의
자리 쟁탈전에
참가해버렸다.

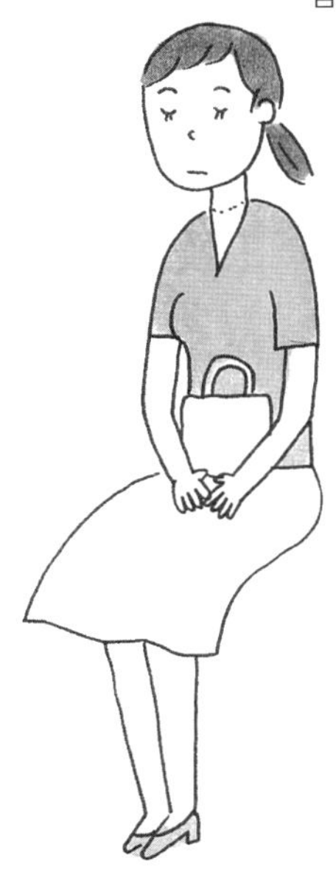

아,
배고파~

수一
쟈장

몸은
어때?
덕분에
좋아.

마이코~

평일 낮 시간에
수짱이랑
점심 먹는 건
처음이지?

오랜만이야!!
와一아
와一아

마이코는
주말에도
회사에 자주
나갔었으니까~

완전히
임신부네.
그렇지?

일은 어때?

친구 마이코는
작년에 결혼해서,
지금은 임신부.

여전히
버벅대는
느낌이야.

일은
그만두었다고
합니다.

배 속에 아기가
있는 사람에게
아기
이름은
정했어?

밖에서 일하던
때의 나를
점점 잊게 돼.

다른 이야기를 하는 건
실례인 듯해서
와,
후보가
다섯
개나
있어?

그런가봐.
원래
그런
건가?

관심 있는
척해서.
맛있네~

아기 중심의
질문만 하게 된다.
그렇지
~

아,
배불러.
뚜우

그리고 이런 상황을
아기
침대는
샀어?

정말!
하하하
점심을
세 시간이나
먹었네~

조금 피곤해하는
내가 있다.

응
괜찮아!
피곤하지
않아?

마이코, 미안.

이 느낌

수짱, 그럼
또 만나.
일 열심히 하고.

이 쓸쓸한 느낌

응, 몸 조심해.
벌써 다음달이네.

몇 번이고
경험했다.

아기 낳으면
집이도 놀러와~
응.

뭐지?
이건

왜지?

지금, 나를
쓸쓸하게
만드는 건.

그것은 어쩌면

뭐지?

외톨이 할머니가
되어 있을

친구에게
아기가 생기면

자신을 떠올리기
때문인지도.

쓸쓸하고
불안해지는 것은

내가 걸어온
인생 전부가

이대로
할머니가 되어서

쓸데없는 것이
되어버리는 걸까?

슈퍼마켓
일도 돈도
없고

이런 생각을 하면

파가
싸네.
누워서 거동도
못하는데
의지할 사람도
없다면

몸이 떨린다.

그렇다면,
나의 인생,

어느날의 수짱

떨어진 1엔짜리를
발견했는데,
줍지 않았다.
왠지 찜찜하다.

내가 무슨
대단한
사람이라고.

다음달에
태어날
배 속의
아기.

수一 쪼장

빨리
만나고
싶어~
뚜 뚜 뚜

마이코입니다.
서른다섯 살의
임신부입니다.

평온하고
행복한
나날입니다.

작년에
맞선을 통해
결혼했습니다.

○○역
이대로 좋아.

점심
맛있
었어~
출산휴가를
받을 수 있는
분위기도
아니어서,
회사는
그만두었습니다.

승차권
10년 전에
결혼했어도
마찬가지
였을지도.

잘된 거야
…

열심히 일해서

하고 생각하지만,

능력도
인정받았지만

결국,
이렇게 된 건가
…

투우~
그러고보니
그때
피부도
엉망이었지.

하는 생각이
들기도 한다.
투우~

여기
앉으
세요.
감사
합니다.

지금은
무직의 임신부.

대학도
회사도
결혼도

앞으로도

선택은
내가 했어.

나는
무언가를

스르

다음달
20일
이에요.
예정일이

선택할 수
있을까?

네.
많이
기다려지죠?

왜,

잘
가요.
안녕히
가세요.

더이상
아무것도
선택할 수
없을 것 같은
기분이 들까.

안녕히.

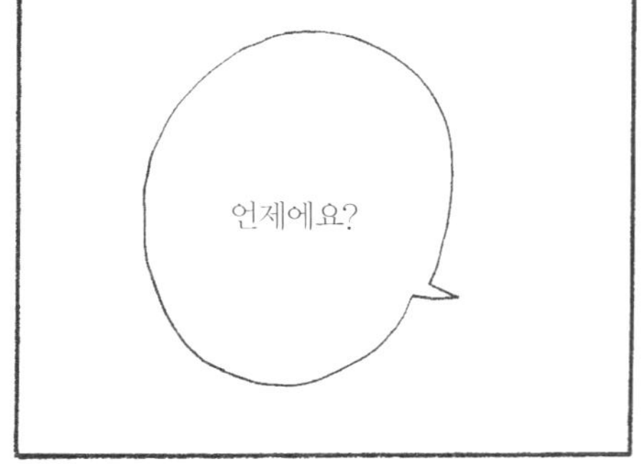

언제에요?

두우
두우
새로운
행복~

지금의 나여,
안녕히.

그렇지만

곧
다른 내가
된다.

이별을 고한

엄마가 되면
나는 분명
변할 것이라고
생각한다.

나의

없어
지겠지.
이 아이
외에
소중한 것
따위는

언젠가
다시,
무언가를
시작할 수
있을까.

인생도

수짱을
불편하게
한 것
같아.

무언가
아쉽다고
할까.
두우~

그렇지만
만나두고
싶었어.
수짱과.

계속 스스로
선택해
왔지만,

지금의
나로.

그 중에는
선택하지
않을 수
없었던
일도 있다.

세탁소에 갈 때마다
이제 어른이구나, 하고
생각한다.

조금씩
하고
있어요.

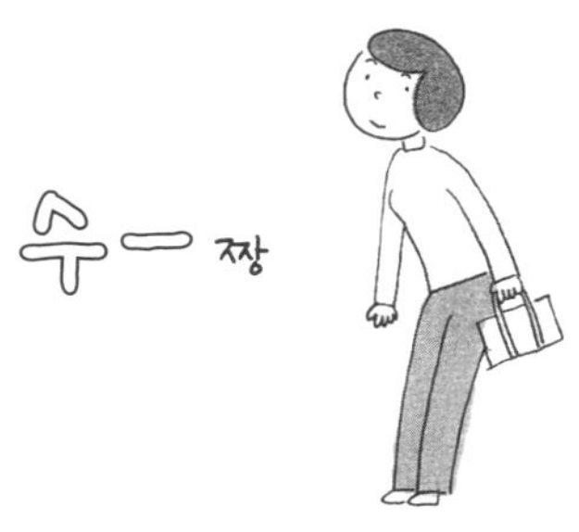
수ー 짜장

조금이
얼만데?

너 밥은
제대로
먹고
다니니?

전화
끊어요.
엄마랑
상관없잖아요.

잘
먹어요.

아~~

근

저금은
하고 있지?

이상만
쫓아서는
안 된다고
진지하게
결혼을
생각하려면,

그다음엔
돈이군.
이젠 애인
없냐는
얘기
안 한다
했더니,

말들
하지만,

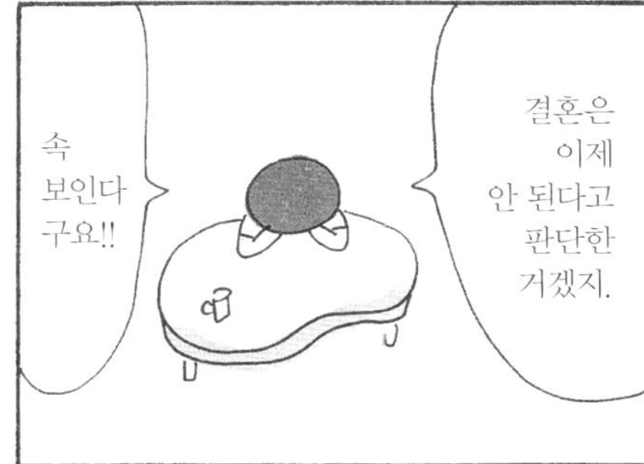
속
보인다
구요!!
결혼은
이제
안 된다고
판단한
거겠지.

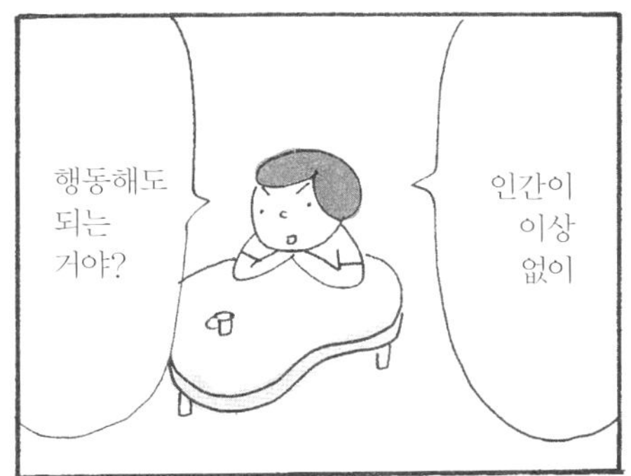
행동해도
되는
거야?
인간이
이상
없이

결혼이라~

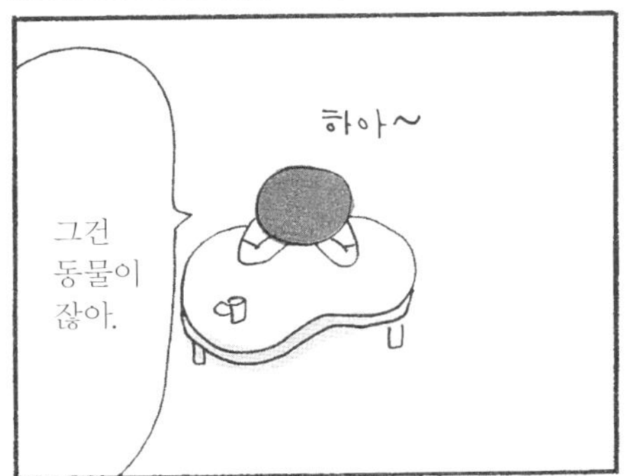
하아~
그건
동물이
잖아.

상대도
없고.

CAFE

아직
절실 모드도
아니고.
에잇,
됐어.

핫샌드위치
나왔습니다.
네~

잠시
접어두자.
벌떡~

머핀세트
나왔습니다.

보류
버튼!

방울토마토
하나가
더 올라갔네.

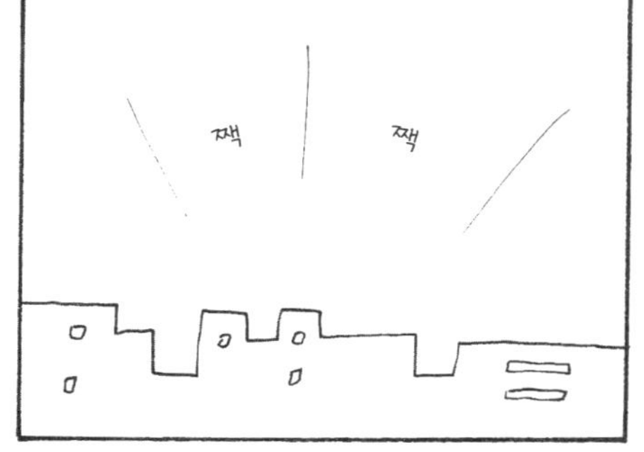
쨱
쨱

라고
실감하는
순간,

그렇긴
한데요.
이렇게
하는 게
예쁜 것
같아서.

아,
피곤하다~

아.
무슨 말인지 알아.
나도 처음에는
그렇게 생각했어.

인도 카레
지금 하는 일,
의외로 마음에 든다.
스륵

그렇지만 비용을 계산해서
정한 거니까 어쩔 수 없어.
네.

식권
그렇지만

나, 열심히 하고 있다.

후우
후우
나야 하고
싶지만,

계속할 수 있을까.

알 수
없으니~
언제
무슨 일이
생길지,

아니 수명을
생각하면
예순다섯
까지는
일해야지.
지금
서른다섯
이니까
예순까지
일한다고
하면 앞으로
25년.

잘
먹었습니다.
감사
합니다.

일할 수
있을까?
후우~
앞으로
30년이나
이 카페에서,

카레는
역시
맛있어.
아,
배불러.

치킨 카레
나왔습니다~

노후
자금은
위태로워.
이대로
꾸준히
한다고
해도,

내 주제에
맞지 않아.
내 가게를
갖고 싶은
것도 아니고

꾸준히
일을 해도
보장받을
수 없다니,
뭐야!
휴우

맛도
보고
요리를
생각하고,
만들고,
곱게 담아,
손님에게
대접하는

아!

월급이
오르지
않더
라도.
이 일을
꾸준히
계속할 수
있다면
…

카레와
머핀 세트,
우리 가게에도
좋을 것 같다!

그렇지만

늘 다니는
백화점 지하매장.
시식하기 좋은 코너를
머릿속에 꿰고 있다.

* 1970년대 일본의 5인조 여성 아이돌.
** 핑크 레이디와 함께 70년대 J-Pop을 이끈 일본의 2인조 여성 아이돌.

엄마는
괜찮다고
하시지만,

최신 CD 빌려다가
요즘 노래 연습해서
갔는데 말이지.
아하하

적어도 밤에는
내가 할머니를
수발해야 한다.

그럼,
다음주에 봐요.

그렇게
생각하고 있다.

하지만, 때로

일주일에 한 번
요가를 가는 날
이외에는
되도록
집에 일찍
들어간다.

응....
엄마 눈이 빨개요.

아무것도 하지 않아도 되는 사람이 부러운 밤도 있다.

오늘은 할머니가 아침부터 기분이 언짢으신지

차도 안 드시고.
식사를 안 하시네.

다녀왔어요~

부탁해.
제가 가볼게요.
차도 안 드세요?

어서 와.

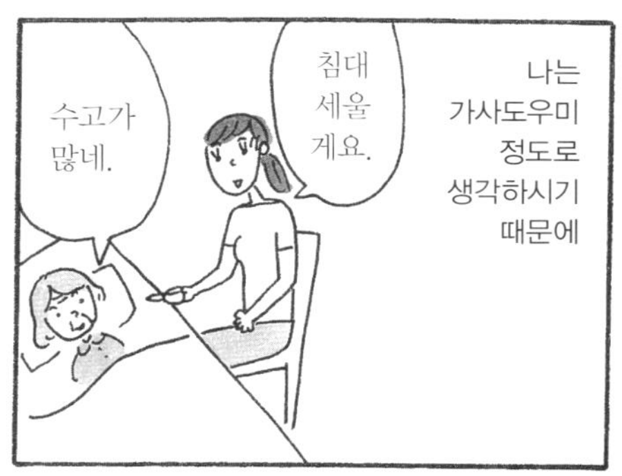

수고가
많네.
침대
세울
게요.
나는
가사도우미
정도로
생각하시기
때문에

할머니는
엄마를 당신의
'언니'라고
생각하신다.

아니
에요.
다른 사람에게
폐를 끼쳐서는
안 된다는
본래의
'할머니다움'으로

그래서 가끔

자,
한입
더.
내게 억지를
부리시는 일은
거의 없다.

굉장히
심한 말을
하신다.

맛있
어요?
할머니는

할머니,
푸딩
먹자~
엄마도
참기 힘들 때가
있을 것이다.

저쪽에서 같이 먹어요.
밥이 맛이 없다고 화를 내시기도 하고

차도 있어요.
여러 가지 일들을 잊어가시지만,

금방 올게요~
쓸쓸한 듯 한밤중에 몇 번이고 우리들을 부르시기도 하고

아~
아무것도 모르시지는 않는다.

다행 이다.
처녀시절을 그리워하시기도 하고

밥도 드실 래요?
때로는 '번거롭게 해서 미안하다'라며 갑자기 사과를 하시기도 하고

연금을 걱정하시기도 한다.

드실 거야!? 그럼 준비 할게.
'그만 죽는 게 낫다'라며 슬퍼하시기도 하고

마음의 여유가
없어지면
그 사실을
깜빡하게 된다.

그렇다.

늙는 것도
하나의 성장일까.

할머니는
어린애가
아니라

완성형
따위는

한 사람의

없는
것인
지도…

성인이다.
당연한
사실
인데도,

추억이 뒤죽박죽이
되었네~
이제는 사진을
앨범에 정리하지
않는다.

응?!

수ㅡ 쩍

오늘은 소개팅이 있는 날입니다.

나쁘지 않은걸~

무지
떨리네.

사와코, 여기야, 여기.

갈게요.
고맙습니다.

헤헤헤
아ㅡ우

회사를
그만두고
집안의
양조업을
돕고 있는
사람으로,

결혼해도
언제든
친정에
갈 수
있고
집도
전철로
20분
거리~

이야기도
잘 통하고.

적극적으로
생각해봐도
괜찮겠는걸~

다음에
영화를
보러 가기로
약속했습니다.

그렇긴 한데,

에ㅡ이
안 주면 이상한 거지~

결혼을 하게 되면 나도 언젠가는 양조업을 돕게 되겠지.

그쪽은 며느리 얻어서 득 보는 거잖아.
무급으로 일을 하면

그것도 괜찮겠네.
뭐, 접객은 좋아하는 편이니까,

아직 뽀뽀도 안 했는데 너무 일러.
이런,

앗!

뽀뽀라니!
꺄앗

내게도 월급을 줄까.
근데

아가야~
냐옹 냐옹
너,
우리랑
같이
살래?

냐옹 냐옹
응?

이리
와.
냐옹
냐옹
그래,
그래.

냐옹 냐옹
귀여워~
하얀
고양이!!

같이
가자.

내가
결혼하면
엄마는
쓸쓸해지겠지.

냐옹 냐옹
되도록
집에는
들를 생각
이지만…

그럴까?
이름은
엄마가
지어줘.

고양이?!

짹
짹

키우자~
너무
귀여워.

좋은 아침입니다.
좋은
아침~

그러네.
꼬맹이가
죽은 뒤에
고양이는
더이상
안 키우려고
했는데.

어제는
고마
웠어요.
사
와
코
!!

이리
오렴.

기억하고 있을까,
몸은.
앗

오랜만에
굉장히 좋은 사람?
그 사람 어땠어?

한심하긴.
아직 한 번밖에
안 만났거든.

사랑이
시작될 듯한
예감이 듭니다.

아~
사와코 씨,
일을
정열적으로
하네.

13년 만에,
섹스할 가능성이
생겼습니다.

다른 '일'
때문인지도
모르죠.

휴~

새로 산 립스틱을
몇 번이고 바라보았다.

그
다음엔
카페의 메뉴에
추가할 수
있습니다.

슈―
쨍

옥수수
통조림
하나
베이비콘
네 개

자아~

즐거워~
자신의
시간을

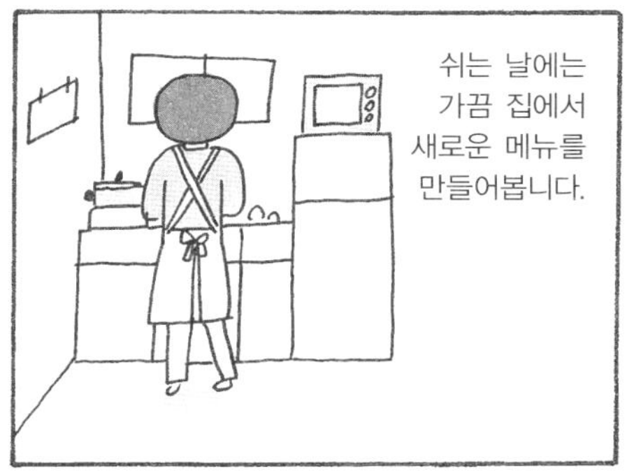
쉬는 날에는
가끔 집에서
새로운 메뉴를
만들어봅니다.

올리브
오일
두
큰 술
자신이
원하는 대로
쓸 수 있는
즐거움

지점에 있는
상사의 '합격'을
받으면

이런 시간은
확보하고
싶어~

어른이 되어서야
겨우 손에 넣었다.
그래서

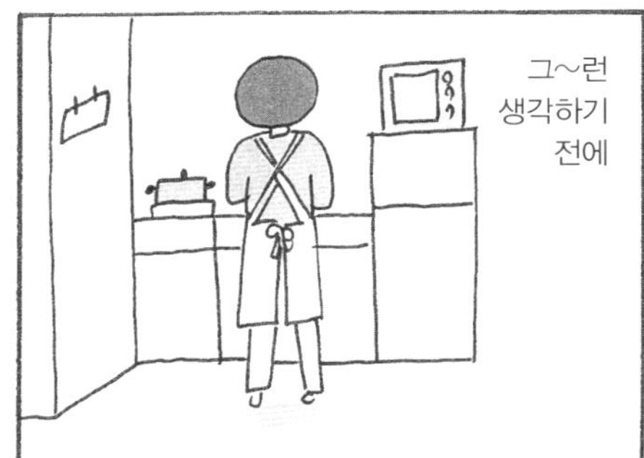
그~런
생각하기
전에

더이상,

남자를
찾는 게
먼저거든~
오가피
약간

잃고 싶지 않다.

이런 시간은
확보하고
싶어~

결혼을
하더라도

수줍~
'더블 콘 카레 머핀 세트'입니다.
시험작품 이니까 편하게 의견 얘기해줘요.

안녕~

아, 좋을 것 같아.
카페에서 750엔 정도에 팔고 싶은데.

초대해줘서 고마워!
좁지만 들어 오세요.

그러고보니 예전에 수짱이랑 함께 알바했던 마이코는 요즘 어떻게 지내?

테이블 모양이 웃기죠?
휘릿
귀여운 걸~

아, 결혼했어요. 곧 아기도 낳을 거예요.

수짱, 역시 프로구나.
무지 맛있어 보여~

오~
나이가 들면 담백한 것을 좋아할 것 같은데.

어머, 그렇구나. 하긴… 그럴 나이지.

의외네요. 어쩌면 우리들의 편견일지도 모르겠네요.
맞아~

아하하
그리고 우리는 여기서 카레를 먹고 있죠.

내가 이대로 할머니가 된다면
어쩌고~

카레 하니까 생각났는데, 우리 할머니는 예전엔 쳐다보지도 않으셨지만,

더이상 밖에서 맛있는 것을 먹을 수 없게 될까.
맞아~
맞아~

요즘은 카레나 스튜같이 맛이 강한 것을 좋아하셔.

특별히
깨끗하게
하고
가야한다고
생각하는
거지?

고급스런
레스토랑은
즐거
웠어~
또
봐요!

나이가
든다는 건
더러워진다는
의미?

우리
카페에도
할머니들은
잘 오지
않으니까.
나이가
들수록 왠지
점점 더
들어가기가
꺼려지겠지?

나이가 들면
인간은
불결해지는
건가?

으ㅡ음
아주
깨끗하게
꾸미고 가면
괜찮을까.

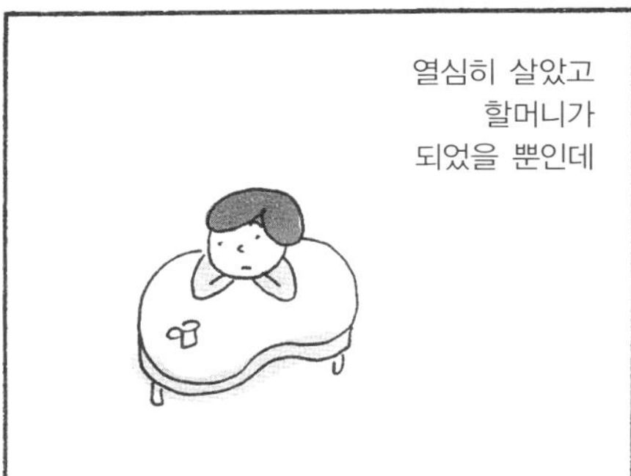
열심히 살았고
할머니가
되었을 뿐인데

왜

먹고 살 정도의 돈만 있다면
그랬는데 거리에는 자신을 환영해주는 레스토랑이나 카페도 없다면.
가끔은
친구들과 차라도 마시면서 수다떨면
후우~
그것으로 충분!!
그런 건 왠지 쓸쓸해.
영차~
절대로 치매에 걸리거나 누워 있고 싶지는 않아~
샤워 해야지.
되고 싶은 게 아니라
특별히 사치스러운 할머니가

치매에
걸리겠어?

건강하게
오래 사는 게
최고!!

원하는
사람이
있을 리가
없잖아.

그러고 싶어서
그러는 사람이
있을 리가
없잖아.

누가

'건강하게
오래 사는 것이
최고'라니.

원해서

자신이 하고
있는 말의 의미를
생각하지 않게
되었다.

혹시

쏴
아ㅡ
조심해야지.

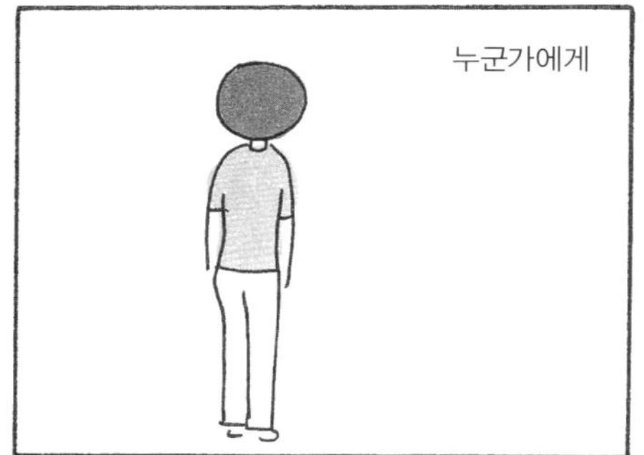

누군가에게

많이 생각해서

상처를
주는
말일지도.

쏴
아ㅡ
생각이
깊은
할머니가
되어야지.

자신도
모르는 사이에
둔감해졌다.

언젠가는 자기의 발에
딱 맞는 수제 구두를
만들어보고 싶다고,
일 년에 한 번 정도
생각한다.

젊은 애들 몸에 눈이 가. 예쁘다~ 하면서.
온천에 가면 말이지, 나도 모르게

수ㅡ 짜장

엉덩이도 볼록하고.
아, 맞아요. 가슴도 빵빵하고.

아, 목마르다~
요가학원

후후훗, 그러게.
내 누드사진, 몰래 찍어둘 걸 그랬나 하는 생각도.

갑자기 엄마가 가고 싶다고 하셔서.
어머니랑 온천을? 사이가 좋네요~

앗 하하
보잘 것 없었지만.

난 집에도 명절 때만 가고, 정말 효도는 아무것도 안 하네~

부모의 노후가 점점 다가오고 있다.

그럼 다음주에~

수발~

난 어떻게 해야 할까?
그렇게 되면

용돈 한 번 보내드린 적도 없네.
효도~

힘들겠지.
여러 가지로.

아버지도 조금 있으면 정년퇴직.
벌써 그렇게 되었구나.

아버지나 어머니의 탓이 아니니까.
나이가 든다는 건

알 수 없지만.
그때가 되어 보지 않으면

그래.

그렇지만

어쩔 수 없는 거야.

그것이 민폐라고 생각하지는 않아.

누구라도 나이를 먹고, 그리고 할 수 없는 많은 것들이 생긴다.

왜냐하면

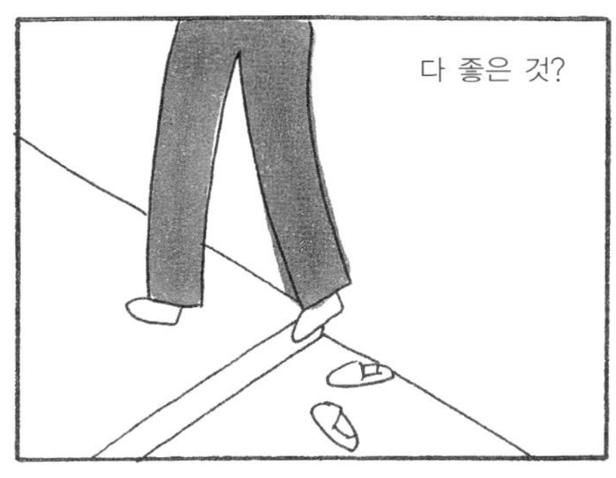
다 좋은 것?

그것이 당연한 것이다.

그럼 도대체 인생은 어디에 있는 거야!

하지만 늙어서 민폐를 끼치면 안 된다는 강박관념 때문에

나도 언젠가는 누군가에게 민폐를 끼칠지도 모르지만.

나이를 먹는 것에 대한 불안이, 더욱 커지는 것인지도 모른다.

어쩔 수 없지, 뭐.
후우

끝이 좋으면
찰칵

후우~
어려움이 많을 듯한 나의 결혼.

말은 그렇게 해도

게다가

남편의 부모까지 책임질 각오도 없고

앞으로 결혼을 하게 되면
내 나이를 봐서는

거기까진 아직 깨닫지 못하고 있는 걸까.

곧바로 양가 부모를 수발해야 할지도 모른다.
가능성 있어!

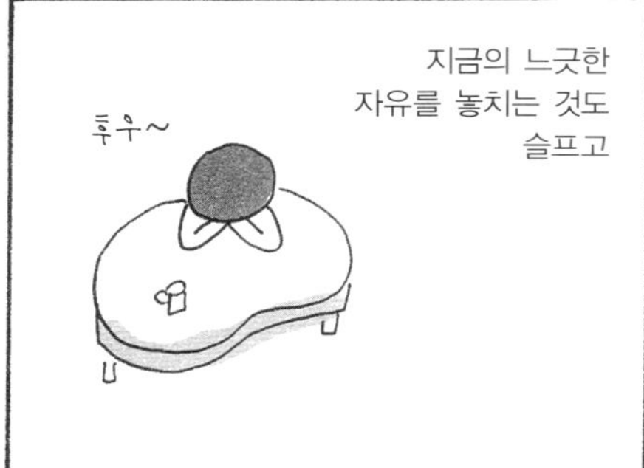
지금의 느긋한 자유를 놓치는 것도 슬프고
후우~

걸리지
않도록

흑—
나의
신혼생활이!

할머니가
되어도

여하튼
스윽

나는, 나.

뭐,
신중하게

그럼
그럼
다른 누구도
아니야.
누구의 것도
아니야.

수발해줄 신부를
찾고 있는 남자에게

얼굴 마사지
DVD를 샀지만,
언제든지 할 수
있다는 생각에
오늘도 포장조차
뜯지 않았다.

그리고 언제까지고 사와코가 해줄 것도 아니잖아.

수―
짱

엄만 생각했단다.
뭘?

정말 몇 년 만인지.
온천은 역시 좋아~

할머니가 돌아가시면 말이지, 그 집을 팔아서 근처에 다른 집을 살 거야.

그런데 오빠에게 할머니를 부탁한 건 괜찮을까?

작은 집이면 충분해. 엄마 혼자 살 거니까.
뭐?!

하룻밤 정도는 어떻게 될 거야. 오빠의 할머니이기도 하잖아.

그러니까, 왜 엄마가 혼자 사냐고! 지금 이대로 좋잖아.
응, 혼자.
혼자?
그렇긴 하지만, 언젠간 나도 죽을 테니까 그 전에 너와 나눠두고 싶어.
그럼 나는 어떡해?
뭐긴 뭐야. 재산 말이지.
뭘?
너도 사렴? 엄마보다는 조금 넓은 집이 좋을 거야.
내가 죽으면 너 혼자 그 집에 있기에는 너무 크잖아?
그리고 가끔 둘이서 밥을 먹기도 하면 좋겠지?
무슨 뜻이야?

노인수발보험에도 가입했고.

그러면 그때 가서 팔면…

근처에 친구들도 많이 있잖아.
엄마는 그런 것들 전부 이용할 거야.

두두두
어머, 그러면 오빠랑 이등분해야 되잖아~

상관없어.
그렇지만 오빠가 뭐라고 하지 않을까?

네가 얼마짜리 집을 살지 모르겠지만, 부족한 부분은 스스로 해결하고.

왜냐하면 그 집은 원래 할머니 집이니까~

엄마는 괜찮아.

이런
이야기도
나오긴
했지만,
덜컹
덜컹
덜컹

할머니도 분명
자신을 수발해준
사람에게 보답하고
싶어하실 거야.

엄마,

우리 엄마는
예전부터
의리파였거든!!

난, 지금
사귀는
사람이 있고

그리고 오빠도
지금쯤은 수발이
얼마나 힘든지
조금은 깨달았을
거야.

꺄악~
13년 만에
섹스도
했는걸~

그래도 좋아,
이상하지?

저기,
사와코.
깜짝―

이상
하지
않아.

할머니가 저렇게
되긴 했지만,

그랬다.

엄마는
하루라도 더
오래 사셨으면,
하고 바란단다.

엄마는

딸인 나를 이미
잊어버렸지만 말이지.

할머니는
엄마를
'언니'라고
생각해야

기댈 수
있었던 것이
아닐까.

자신의 엄마에게
잊혀졌다.

그것이 얼마나
쓸쓸한 일인지,

그것이
마지막으로
할머니가 딸을
생각하는 마음이
아닐까, 라고

나는
생각해본 적도
없었던 것이다.

나는 생각했다.

엄마,

여행에 관한 방송이
재미있게 느껴지기
시작했다.

부끄러워서 아무 말도 못했어~
이제 나도 엄마에게 얘기를 해야겠네.

수ㅡ
쩌장

나도 인사 드려야지.
응.

이번에 우리 부모님을 만나줄래?

아, 그리고.
응?

응, 근데 긴장된다.

우리 부모님이 손자는 어떻게든 보고 싶다고 잔소리를 하셔. 그래서 말이지~ 미안한데,

괜찮아. 편안한 마음으로 만나도 돼.
응.

정말
미안해.

뭐라고 하지?
임신가능 진단서
같은 거,
병원에서
받을 수 있을까?

그런데

자기는?

음.

뭐!?
나도
필요해?

그런 게 있는지
잘 모르겠지만,
병원에 물어볼게.

좋아했었는데.

그렇지만

그
자식

뿌리가
다른데

관두자.
후우~

같은 꽃이
필 리가
없잖아.

역시
받을래!!
엄마
집값!!

야옹아~

어?

아,
사와코
…
엄마
여기서
뭐해?

어떡해. 하수구에
빠지기라도 하면.
어디로
간
걸까.

잠깐 편의점에
갔다 왔더니
야옹이가
없어져서…

귀여운
고양이니까
이미 누군가가
데려갔을지도
몰라.

모르겠어.
찾아
봤는데
집 안엔
없어.
뭐?
밖으로
나가
버렸어?

야옹아~

할머니 기저귀 보고 올게.
칭울~

할머니랑 같이 자고 있었구나!

할머니 다녀 왔어요~

그래, 야옹아.

기저귀 갈아 드릴게요.

할머니 따뜻하지.

사라져버렸지만.

할머니는 언제나 따뜻했지.

야옹아, 알고 있었구나.

변하지 않았다.

당연하다는 듯이.

변하지 않는다.

엄마, 야옹이 여기 있어!!
흑

여러 가지 기억들이

엄마, 수짱이야.
처음 뵙겠습니다.
애기 많이 들었어요.

수ㅡ짱

많이 들어요.
와~ 맛있겠다!

집밥 실컷 먹었으니까, 한 잔!

안녕하세요~

가만, 오늘 할머니는 안 계셔요?

수짱, 어서 와.
냐~
냐~

할머니에게
인사드려도
돼요?

사실은 할머니가 굉장히
오랫동안 거동을 못하셨어.

아,
그랬
어요?
그랬어.
자,
맥주 마셔.

응, 응.
그렇게 해줄래?
할머니도
좋아하실 거야.

그렇죠,
엄마?
그럼~
수짱
부탁해.

저기,
사와코 씨.
왜?

천천히
놀다 가요.

할머니,
손님 왔어요.

고맙습니다.

처음
뵙겠어요.
모리모토
요시코
입니다.

수짱
이에요~

나야말로
선물까지
받고.
고마워.
오늘
정말
잘
먹었
어요.

오늘 맛있는 밥
얻어먹으러
왔어요!!
어
둥게
둥게

* 일본식 불고기. 냄비 음식이지만 육수에 익히지 않고
팬에 구워 소스에 찍어 먹는 요리.

지금, 이니까.
왜냐하면 아직

먼 미래를 위해 지금 무엇을 하면 좋을지

하루하루, 나이를 먹어가는 걸까.
이따위 말만 하면서

잘 모르겠지만,
역시 저금인가?

어떤 할머니가 될까~
난

단지 미래만을 위해

'스키야키 크레페' 메뉴는 어떨까.
아.

지금을 너무 묶어둘 필요는 없다.

옮긴이 **박정임**

일본 지바 대학에서 일본근대문학 석사과정을 마치고 출판 기획과 번역을 하고 있다.
옮긴 책으로는 마스다 미리의 '수짱 시리즈', 호시 요리코의『아이사와 리쿠 상·하』,
다니구치 지로의『고독한 미식가』『산책』과『미야자와 겐지 전집 1·2·3』등이 있다.

KEKKON SHINAKUTE IIDESUKA, SU-CHAN NO ASHITA
by MASUDA Miri
Copyright © 2008 MASUDA Miri
All rights reserved.
Originally published in Japan by GENTOSHA, Tokyo.
Korean translation rights arranged with
GENTOSHA, Japan
through THE SAKAI AGENCY and BC Agency

결혼하지 않아도 괜찮을까?

| 1판 1쇄 발행 2012년 12월 15일 | 1판 22쇄 발행 2018년 10월 5일

| 지은이 마스다 미리 | 옮긴이 박정임 | 펴낸이 고미영

| 책임편집 고미영 | 편집 이승환 | 디자인 이효진
| 마케팅 정민호 한민아 최원석 안민주 | 홍보 김희숙 김상만 이천희
| 제작 강신은 김동욱 임현식 | 제작처 미광원색사 (인쇄) 중앙제책사 (제본)

| 펴낸곳 (주)이봄
| 출판등록 2014년 7월 6일 제406-2014-000064호
| 주소 10881 경기도 파주시 회동길 210
| 전자우편 yibom01@gmail.com | 팩스 031-955-8855
| 문의전화 031-955-1909

ISBN 978-89-546-1985-1 17830